1152

LE TEMPLE DE LORETTE

LE TEMPLE
DE
LORETTE

ii

A LA VIERGE.

REINE des Celestes Hierarchies, & l'incomparable entre toutes les femmes. Vostre Fils n'eust autrefois en sa Natiuité pour tout appartement qu'vne paure cresche, & pour honorer l'excellence & le pouuoir que vous donne le tiltre de sa Mere: Il veut qu'auiourd'huy, celebrant la solemnité de vostre naissance, Ie vous offre vn Temple dont la protection vous appartient. Il est à vous & en ceste façon vos interests sont meslez auec mes tres-humbles deuoirs. C'est ce Temple (où s'est operé le premier mystere de nostre salut & que vous auez rendu celebre par tant de miracles) qui doit estre mon azile. Ie ne pouuois pas faire paroistre au frôtispice de ce tabernacle vn nom qui me fust plus fauorable que le vostre, pour me deffendre de l'enuie & de la mesdisance ; Puis que vous estes la Protectrice à qui se voüent les plus grands Potentats de la terre. Si ceux qui sont poursuiuis rencontrent vn refuge asseuré dans les lieux Sacrez, Ie ne crains pas que les jaloux ou les jmpies osêt m'attaquer estant si proche de vos Autels, où ie pre-

fente cét ouurage dans lequel comme en vn ta-
bleau, i'ay tafché de tracer l'abregé de l'hiftoire
e voftre maifon de Lorette, En memoire des
biens-faits que toute la France reçoit de voftre
affiftance Et particulierement pour vous faire
vne recognoiffance publique des faueurs que la
Confrairie de Lorrette, fondée au Temple de
Paris a receuës de vous. I'ay regret que les ter-
mes de ce Poëme ne font pas affez magnifiques
pour refpondre à la dignité de fon fujet. Voftre bonté m'en excufera, puis que dans le Ciel
(où vous eftes) on ne confidere pas la grandeur
des offrandes : Mais la pureté des intentions,
& que Dieu fe plaift de faire acheuer par-
faictement le Panegyrique de fes loüanges par
l'agreable begayement des enfans à la mamelle.
Ces confiderations me donnent la hardieffe de
vous dedier cét Hymne que vous aurez agreable auec le vœu que ie fais d'eftre toute ma vie.

Voftre tres humble, tres-deuot & tres-
zelé feruiteur. DV VAL.

LE
TEMPLE
DE
LORETTE.

HYMNE.

VIERGE laiſſant le ſoin aux Anges,
De chanter ta Virginité,
Si pure en ſa fecondité
Qu'elle ſurpaſſe nos loüanges.
Par vn temeraire proiet
Ie ne prends pas pour mon ſuiet
Ton merite & ton excellence :
Mais cherchant vn lieu d'Oraiſon,
Si mon zele m'oblige à rompre le ſilence,
C'eſt pour te ſaluer en ta ſaincte maiſon.

Que la nature & l'induſtrie
Ont faict d'admirables accords
Pour eſleuer ſon vaſte corps
D'vne ſi iuſte Symmetrie !
Ce grand Dôme qui me rauit,
Figure la Tour de Dauid :
Et les voûtes de ces Chappelles,
Semblent autant de bouleuarts
Pour deffendre ce lieu contre les infidelles
Qui voudroient attenter ſur ces diuins remparts.

Qu'il faict beau dans ce riche Temple
Où l'art ſecondé des Treſors,
Par ſes grands & nobles efforts
Laiſſe vn Chef-d'œuure ſans exemple.
Icy le Peintre induſtrieux,
Là le Sculpteur laborieux,
Semblent ſe diſputer la gloire :
Et l'on diroit que leur trauail
Meritant vn renom d'Eternelle memoire,
Encherit ſur le prix de tant d'or & d'émail.

En ce sainct lieu le peuple abonde
Et sans redouter les dangers,
Mille Pelerins estrangers
S'y rendent des confins du monde,
Trouuant en cét esloignement
Sans l'ayde d'aucun truchement
Pour les Medecins de leurs ames,
Ceux à qui pour ces fonctions
L'Esprit sainct enseigna comme en langues de flames,
L'Idiome diuers de toutes nations.

Ie suis rauy quand ie contemple
Vne maison sans fondement
Qui contre tout raisonnement
Subsiste au milieu de ce Temple.
Bramante Architecte diuin
Qui sçeus par vne heureuse fin
Couronner ce superbe Ouurage !
Ce secret que tu ne sçais pas,
Est vn fameux escueil qui marque ton naufrage,
Et brise malgré l'art ta regle & ton compas.

B

En vain peuple de Recanate
Tu veux luy donner du fouftien,
Puis que par vn fecret moyen
Ton mur de brique fe dilate.
En vain C L E M E N T ta fainéteté
Luy tefmoigne fa pieté
Par vn baluftre magnifique ;
Car le marbre fans fe brifer,
S'efcarte en refpeétant ce Palais Angelique,
Où le Verbe diuin daigna s'humanifer.

Vifitons la Chambre natale,
Où fût la fille de Sion,
Pure dans la corruption
A noftre Origine fatale.
C'eft la maifon brillante d'or
Plus faincte qu'Oreb & Tabor,
De la Paleftine venuë,
Et de qui la folidité
Se traça dans les airs vne route inconnuë,
Pour receuoir de nous le refpeét merité.

Mais l'accez m'en semble impoſſible ,
Prophane pêcheur qu'ay-je dict ?
Ce Temple qui m'eſt interdit
Doit eſtre vn lieu ſainct & terrible.
Ie ſuis ſurpris d'eſtonnement
Et ie ſens vn fremiſſement
A l'abord de ce tabernacle ;
Il ny faut entrer que pieds nûs.
Comme ſur la montagne où jadis par miracle
Moÿſe vit de Dieu les rayons inconnus.

Qu'elle merueille en la nature !
D'auoir veu ces murs honorez :
Deſſus des nuages dorez
Rouler ſans perdre leur ſtructure.
Lors qu'en ces hautes regions,
Ou Dieu ſelon nos actions
Faict ou la manne ou le tonnerre :
Confondant l'humain jugement,
Luy-meſme ſuſpendit ceſte maſſe de terre ,
Contre l'ordre preſcrit à ce lourd élement.

Comme apres l'offence punie
D'vn siecle insolent & peruers
Pour reparer cét Vniuers
L'Arche vint aux monts d'Armenie :
Apres ce chastiment fatal
Dieu remit au Ciel de cristal
Les Eaux, Instruments de son Ire,
Et l'Iris pour marque de paix
Estala ses beautez dedans ce vague Empire
Dont le calme constant fut promis pour iamais.

Telle ceste maison diuine
Au grand plaisir des Esclauons
Vint reposer dessus leurs Monts
Au sortir de la Palestine,
Quand l'Orage aux champs Syriens
Eust rauagé tous les Chrestiens
Par la fureur des Infidelles
Et qu'apres ce triste accident,
Dieu pour nous faire part de ses graces nouuelles,
R'asseura par ce don l'Empire d'Occident.

Iadis le golphe Adriatique
Eſtoit l'effroy des Matelots,
Ayant depuis calmé ſes flots
Se peut appeller pacifique ;
Car la Vierge dans ce traiect
Aux fieres tempeſtes Subiet,
Luy fiſt perdre auſſi toſt ſes rages,
De là vient que nous y voyons
Au lieu du reſte affreux des funeſtes naufrages,
Flotter paiſiblement le nid des Alcyons.

Vous de qui la haine immortelle
Veut dans les ſiecles aduenir
Garder vn laſche ſouuenir
A vos ennemis trop fidelle :
Retiendrez-vous la paſſion
Dont l'orgueilleuſe émotion
S'oppoſe à la Miſericorde ?
Si les vents les plus furieux
Auec les flots mutins demeurent en concorde,
Et s'appaiſent pour plaire à la Reyne des Cieux.

Aussi-tost les peuples Tersactes
Reconnurent la saincteté,
Du Temple, dont la nouueauté
Vouloit des recherches exactes.
Ils luy donnerent tous leurs soins,
Et par des fidelles tesmoins.
Authoriserent son miracle
Et le rendirent si fameux,
Qu'on venoit chaque iour en ce sainct Tabernacle
Offrir de toutes parts des presents & des vœux.

Mais les fatales destinées,
Voulurent que l'astre du iour:
A peine en son oblique tour
Auoit acheué trois années.
Que par vn celeste decret.
Ou pour quelque crime secret
Ils perdirent ceste arche saincte
Perte qui leur demeure au cœur,
Auec tant de regret si viuement empraincte
Que le secours des ans n'en peut estre vainqueur.

Apres dans la forest d'Ancone,
La Vierge vient choisir sans bruict,
Dans le silence de la nuict,
Vne montagne pour son thrône
D'abord les arbres fastueux
Par vn deuoir respectueux
Fléchissent leur superbe teste,
Et de leur propre mouuement
Font ce qu'en sa rigueur la plus forte tempeste
N'eust pas exigé d'eux dans son dereglement.

La Lune dans son char d'Ebene,
Enrichy d'Iuoire & d'argent,
Monstroit dans son cours diligent
La beauté qui l'a rend si vaine.
Mais rencontrant au Ciel ces murs
Si diaphanes & si purs,
De la nuict elle prit les voiles,
Ne pouuant pas souffrir l'aspect
De celle qui surpasse en beauté les Estoilles,
Et deuant qui tout astre esclipse auec respect.

Alors dans ceſte nuict Serene,
Parurent de rares ſplendeurs,
Qui firent connoiſtre aux Paſteurs
Le Temple errant de noſtre Reyne :
Paſteurs ! Voſtre condition,
Eſt en diuerſe occaſion
Myſterieuſe dans ſes veilles,
Puis que les premiers en ces lieux
Vous euſtes le bon-heur d'admirer les merueilles
Du tranſport du Palais de la Reyne des Cieux.

Quand pour terminer ceſte guerre
Qui commença par nos ayeuls
Dieu pour nous eſleuer aux Cieux
Daigna s'abaiſſer ſur la terre :
Si des Bergers eurent l'honneur
De rendre hommage à la grandeur
Du Roy naiſſant dans vne eſtable :
Falloit-il pas auec raiſon
Que des Bergers auſſi, d'vn zele veritable,
Saluaſſent leur Reyne en ſa ſaincte maiſon ?

La Forest deuenant fuiette
A l'infolence du brigand,
Par vn miracle encor plus grand
Ce fainct Temple fift fa retraitte.
Laiffant fes veftiges facrez,
De diuerfes fleurs diaprez,
Qui iettoient des odeurs diuines,
Et lors dans cét affreux fejour
On vit vn beau parterre enuironné d'efpines,
Où iadis noftre Reyne auoit tenu fa Cour.

Sortant de ces lieux folitaires
Plains d'accidents fi perilleux,
Ce fanctuaire merueilleux,
Se repofe au mont des deux freres.
Mais l'intereft de ces efprits
Meflé d'vn prophane mefpris,
Leur rauit ce fainct edifice,
Ainfi cette haine de mort,
Qu'allumoit en leur ame vne lafche auarice,
En caufant fon depart les mit tout deux d'accord.

C

Enfin dans le champ de Lorette
Où nous rencontrons auiourd'huy,
Noſtre refuge & noſtre appuy,
Ce Temple choiſit ſon aſſiette.
Champ remply de fecondité
Reparant l'infertilité,
De l'Edem ſterile & champeſtre :
Champ, diſ-je, de qui le ſainct lieu,
Sert d'Illuſtre Theatre où nous voyons paraiſtre,
Les immenſes grandeurs de la Mere de D I E V.

Souuent la nuict de ſa naiſſance
Sur ce Temple miraculeux,
Le Ciel eſtalle mille feux
Teſmoins de ſa reſioüiſſance.
Ces feux celeſtes ont ſurpris
Les Pelerins qui les ont pris,
Pour quelque nouueau meteore
Qui decorant ce beau ſeiour,
D'vn eſclat inconnu plus charmant que l'Aurore,
Pretendoit ſur les droicts de l'empire du iour.

Toy qui pourſuiuant ta carrière,
Par des plaines d'or & d'Azur,
Conduits ce char brillant & pur
Qui porte en tous lieux la lumiere.
Si la nuict montre des ſplendeurs,
Si le deſert produict des fleurs,
Si la mer calme ſa furie,
Si des troncs d'arbres ſont pieux,
Soleil ne dois-tu pas en faueur de MARIE,
Dans ces ſoins complaiſans paroiſtre induſtrieux ?

Quand les Equinoxes arriuent
Aux ſaiſons des fleurs, & des fruicts,
Et qu'alors les iours & les nuicts,
Auec iuſteſſe s'entreſuiuent.
Cét aſtre au ſortir d'Orient :
Auec vn viſage riant,
Vient saluër cette Princeſſe :
Et par derriere ſon Palais,
Pour rendre ſes deuoirs à ſa chere Maiſtreſſe,
Il iette ſes rayons plus brillants que iamais.

Non content de ce seul hommage
Auant que d'acheuer son tour,
Il reuient en ce mesme iour
Honorer au soir son Image.
Et plus lumineux qu'au Leuant
Ses rais opposez au deuant,
Passent la fenestre Angelique,
Ainsi par son cours ordonné
Le Soleil nous inuite à la feste publique
De la Mere naissante & du Fils Incarné.

Iadis tes champs (triste Idumée)
Ruisselans de laict & de miel,
Auiourd'huy de sang & de fiel,
Deshonorent ta renommée.
Ta peruerse incredulité
Et ta lasche infidelité
T'ont rauy ce precieux gage,
La gent qui porte le turban,
Ne pouuant pas souffrir qu'on luy rendit hommage,
Luy fit choisir Lorette & quitter le Liban.

Mais toy bien-heureuſe Italie
Vray Paradis de l'Vniuers,
Pren-ce ioyau tombé des airs
Par qui ta gloire ſe publie.
Qu'il n'eſchappe pas de tes mains,
Que le diſcord des deux Germains,
Par leur malheur te rende ſage,
Que la paix chez tes Potentats
Te conſerue à iamais l'honneur & l'auantage
D'auoir ce don du Ciel au ſein de tes eſtats.

Mortels ſi la foibleſſe humaine
Vous accable d'infirmitez,
Aux preſſantes neceſſitez
Reclamez icy voſtre Reyne.
Si vos crimes ont quelquefois,
Par le meſpris des ſainctes Loix,
Rendu ſon Fils iuge ſeuere,
Son entremiſe peut ſoudain
Aux plus grandes ardeurs de ſa iuſte colere
Faire choir par pitié les armes de ſa main.

Vous qui d'vn supplice barbare,
Faiêtes auec tant de trauaux,
De vos coffres de vains tombeaux,
Où se perd voftre cœur auare.
Entrez dans cefte maison d'or,
Où de la grace eft le threfor
Qui peut feul enrichir vos ames,
Cét or a des rais fi diuins,
Qu'il prend fa pureté dedans ces viuss flammes,
Ou fans fe confumer bruflent les Seraphins.

Vous qui languissez fans remede
Lubriques, dont les fens peruers,
Forment de l'aliment des vers,
Ce beau demon qui vous poffede.
Si par des fentimens Chreftiens,
Vous iettez au feu les liens,
Où voftre franchife eft perie,
Vous ne trouuerez rin de beau,
Que dans la pureté des attraicts de MARIE,
Que fon fils difpenfa des rigueurs du Tombeau.

Pauures squelettes deplorables
Qui combattez contre la mort,
Croyans repousser son effort
Bien que vous soyez incurables.
Viues Images du trespas,
Morts viuants qui ne mourant pas,
Viuez sans espoir de remede
Les Medecins vous font mortels :
Mais en vostre faueur si la Vierge intercede,
La santé se retrouue au pied de ses Autels.

Vous qui poussez d'vn gain sordide
Esclaues de vos matelots,
Passez sur l'empire des flots,
La Zosne froide & la torride.
Si quelque subit changement
Fait de ce perfide élement,
Tout vn Theatre de naufrages
MARIE est l'Estoille du nort,
Dont l'aspect gracieux appaisant les orages,
Faict renaistre le calme & surgir à bon port.

Vous qui dans des horreurs funebres,
Traifnez vn malheureux deftin
Pour qui iamais n'a de matin
L'Aftre qui bannit les tenebres.
Aueugles qui ne voyez pas
Mille couleurs dont les efclats,
Ont vne beauté nompareille,
La Vierge eft vn Soleil qui luict
Pour vous communiquer l'agreable merueille
Du iour, qui peut chaffer vne fi longue nuict.

Vous qui dans la fombre demeure
D'vne affreufe & profonde tour,
Interdits de l'air & du iour
Mourez mille fois en vne heure.
Vous receurez la liberté
Et les douceurs de la clarté,
Contre toute apparence humaine
Si d'vn zele deuotieux,
Vous cherchez le fecours de cefte Souueraine
Qui ferma les enfers & nous ouurit les Cieux.

Vous

Vous dont la valeur magnanime
Est le salut de vos estats,
Contre les lasches attentats
D'vne entreprise illegitime.
Si dans des perils apparents
Vous remettez vos differents
Au succez douteux des batailles,
MARIE asseurera vos cœurs,
Maintiendra vos Suiets, gardera vos murailles,
Et de vos ennemis vous rendra les vainqueurs.

LOVIS, le plus grand des Monarques,
Si tost qu'il eust d'vn cœur pieux
Reclamé la Reyne des Cieux,
N'en vit-il pas d'heureuses marques ?
Quand deux reiettons d'Oliuiers
Se meslerent à ses Lauriers,
Cueillis dans les champs de la gloire.
Depuis on peut dire de luy,
Qu'il va, qu'il voit, qu'il vainc, & laisse dans l'Histoire
Des preuues que la Vierge est son vnique appuy.

D

La memoire qui l'eternise
Passe les bornes du Soleil,
Et dit que ce Roy sans pareil,
Est le fils aisné de l'Eglise.
La VIERGE qui regne en son cœur,
Le comble de tant de bon-heur,
Que l'on nomme ce Prince juste,
Punisseur de rebellions,
Azile d'opprimés, & par vn tiltre Auguste :
Dompteur de Leoparts, d'Aigles & de Lions.

Au de là des Monts Pyrenées
On voit ce Prince genereux,
Auecques des succez heureux,
Porter ses armes fortunées.
En vain pour arester son cours,
L'Espagne oppose du secours,
De qui la pompe est ridicule.
Car malgré Naples, & Milan,
Nostre empire estendu iusqu'aux bornes d'Hercule,
Ajoustera MADRID, au joug de PERPIGNAN.

Qui n'euſt dit que les perfidies,
Des ingrats & laſches ſujets,
Euſſent terminé leurs projets
Par de ſanglantes Tragedies ?
Si le Roy veillant pour l'Eſtat
N'euſt de cét infame attentat
Deſcouuert les funeſtes pieges :
Et ſi par des ſoins prouidents,
La VIERGE preuenant ces ames ſacrileges,
N'euſt eſcarté de nous ces triſtes accidents.

Iuſtes arbitres de la gloire
Fameux , & diuins eſcriuains,
Sans vous mes efforts ſeront vains,
Si vous n'acheuez ceſte Hiſtoire.
Peres de l'immortalité ;
Qui donnez l'honneur merité,
Aux obiets dignes de vos vieilles :
En cét Ouurage prenez part ,
Et deſſus vn ſujet ſi remply de merueilles ,
Eſtallez dignement les beautez de voſtre Art.

Courrez ceste illustre carriere
Ouuerte à tous les beaux esprits,
Puisque les honneurs & les prix
Vous attendent à la barriere.
Dans cét exercice Chrestien,
Vous aurez pour ferme soustien,
Et pour arbitre fauorable
L'Auguste & sage *RICHELIEV*,
Dont la magnificence aux siecles memorable,
Preuiendra les faueurs de la Mere de *DIEV*.

Publiez donc que ces Images,
Lampes, Pourtraicts, Villes, Chasteaux :
De tant de miracles nouueaux,
Nous confirment les tesmoignages.
Laissez ces marques à iamais
Pour la memoire des biens-faicts
Rendus aux peuples comme aux Princes,
Et que l'on accroisse ces lieux,
Pour conseruer les dons que toutes les Prouinces,
Viennent offrir sans cesse à la Reyne des Cieux.

Que par vous aux terres estranges,
Les plus infidelles mortels
Fassent eriger des Autels
A l'Imperatrice des Anges.
Et qu'ils implorent son secours,
Dans les mal-heurs où tous les iours
La foiblesse humaine est sujette,
Et de cette Societé
Que l'exemple deuot en l'honneur de Lorette,
Les force d'imiter sa rare pieté.

La Reyne des Villes du monde,
PARIS, pour son soulagement,
Et le commun contentement
De tant d'hommes, dont elle abonde
Suiuant ceste émulation,
A fondé par deuotion
Dans le TEMPLE vne Confrairie,
Où sous l'adueu des Cheualiers,
Ainsi que dans Lorette on reçoit de MARIE,
De ses rares faueurs les effects singuliers.

Protecteurs du sainct Euangile
Fermes colomnes de la foy,
Qui donnez aux Sultans l'effroy,
Sans sortir mesme de vostre Isle.
Vous qui deuez nous maintenir
Daignez donc si bien nous vnir
Dans la charité de nos Freres,
Que la Vierge en l'eternité,
Nous fasse recueillir le fruict de nos prieres,
Et iouyr des vrais biens de la felicité.

Vous l'ornement de tant de lustres
Grand Prieur dont les actions,
Entre ces Chrestiens Champions,
Passent celles des plus Illustres.
La PORTE, dont le bras puissant,
A faict éclipser le croissant
Par tant de beaux faicts sans exemple,
Que vostre generosité
Conserue les autels de LORETTE & du TEMPLE,
Et consacre leur Gloire à la Posterité.

Vous chers freres qui plains de zele,
Venez visiter ces saincts lieux :
Rendez à la Reyne des Cieux
Vn seruice tousiours fiddelle.
Grauez son beau nom dans vos cœurs,
Et que le prix de ses faueurs,
A ce sainct deuoir vous anime,
Car le secret de bien mourir
Consiste seulement à tenir pour maxime,
Que celuy qui la sert ne peut iamais perir.

F I N.

Cliens Mariæ nullus æternum perit.